¡Ven aquí, Daisy!

BEASCOA

Para mi Madre

Publicado por primera vez por
Orchard Books, Londres, 1998
© Jane Simmons 1998
© 1999 para la lengua española: Ediciones Beascoa, S.A.
Pujades, 81. 08005 Barcelona. España
ISBN: 84-488-0849-5
Todos los derechos reservados
Impreso en Singapur

–¡No te alejes, Daisy!,
le dice Mamá Pata.
–Lo intentaré, responde Daisy.

Pero Daisy, sin darse cuenta,
se aleja un poquito.
—¡Ven aquí Daisy! —le llama
Mamá Pata.

Pero Daisy se distrae mirando los peces.

—¡Ven aquí Daisy! —le grita
otra vez su Mamá.
   Pero Daisy se va lejos persiguiendo a
las libélulas.

Y vuelve a gritar Mamá Pata: —¡Ven Daisy!
Pero la patita se divierte saltando sobre los
nenúfares. ¡Arriba, arriba!
¡Boing, boing!

¡Plaf! salta la rana.
–¡Cuac! –saluda Daisy.
–¡Croac, croac! –canta la rana.

¡Boing, plaf!

¡Boing, plaf!

¡Boing, plaf!

¡PLOF!

–¡Cuac, cuac! –responde Daisy.
Pero la rana ya se ha ido.
¡Mamá! –grita Daisy.
Pero nadie responde.
Daisy está sola.

Algo muy grande se mueve bajo el agua.
Daisy se pone a temblar.

Y con grandes zancadas se acerca a la orilla del río. Luego oye en el cielo un graznido terrible.

Daisy corre a esconderse entre los juncos.
¡Ojalá estuviera aquí Mamá!

Algo se mueve
en la orilla.
Daisy puede sentirlo
cada vez más cerca...

...más,

y más,

y mucho más...

CERCA...

–¡Eres tú, mamá!
–¡Ven aquí Daisy! –dice Mamá Pata.
Y allí va Daisy veloz.

Ahora Daisy juega con
las mariposas...